어제의 **앨리스**가
오늘의 **앨리스**에게

*"Imagination is the only weapon
in the war against reality."*

상상은 현실과 맞설 수 있는 유일한 무기다.

Lewis Carroll,

150년이 지나도 전세계 여성들에게 가장 사랑받는 동화 주인공
이상한 나라의 앨리스가 오리지널 그림과 글로 전하는 인생 조언

어제의 앨리스가 오늘의 앨리스에게

북앤펀
Book'n'Fun

어제의 **앨리스**가 오늘의 **앨리스**에게

저자_루이스 캐럴, 로렌 라번

그림_존 테니얼

발행_초판 1쇄 2018년 12월 20일

펴낸이_ 안홍민 / **펴낸 곳_**도서출판 아이맘

디자인_씨엘

등록번호_제 2016-000050호

주소_경기도 성남시 분당구 판교역로 100

전화_070-4251-3301

팩스_02-6008-5649

이메일_imambooks@nate.com

ISBN 978-89-97291-09--0(03840)

이 도서의 국립중앙도서관 출판시도서목록(CIP)은 서지 정보 유통지원시스템
홈페이지(http://seoji.nl.go.kr)와 국가자료공동목록시스템(http://www.nl.go.kr/kolisnet)
에서 이용하실 수 있습니다. (CIP제어번호:2018026383)

북,맘 출판은 아이맘의 청소년과 성인을 위한 출판 브랜드입니다.

WHAT WOULD ALICE DO

First published 2015 by Macmillan Children's Books, an imprint of Pan
Macmillan,
Foreword Copyright ©2015 by Lauren Laverne
Korean translation copyright © 2018 Imambooks
All rights reserved.
This edition is published by arrangement with Macmillan Publishers International
Limited, through KidsMind Agency, Seoul

CONTENTS

어쩌다 여자가 된 당신이 꿈꾸는 세상에는
'앨리스'가 살고 있다!

만일 앨리스가 없었다면 지금의 우리는? 앨리스는 아동문학 역사상
최초의 여자아이 주인공이다. 루이스 캐럴의 〈이상한 나라의 앨리스〉
는 아이들에게 순종과 도덕을 가르치는 기존 동화들과 달리 이상하고
허무맹랑한 캐릭터들과 함께 펼쳐지는 모험 이야기로서 장르부터 매우
달랐으며, 거기에 치마만 입었지 여느 남자아이들과 다를 바 없는
평범한 여자아이 주인공은 기존 시대와 고정관념을 뛰어넘는 파격적인
설정이었다.

1865년 영국 맥밀란(Macmillan) 출판사에서 처음 출간된 앨리스의
이미지는 당시 유명 화가이자 〈펀치〉라는 잡지에서 정치 풍자 만화로
이름을 날린, 존 테니얼의 손에서 탄생하였다. 이렇게 세상에 나온
앨리스는 '순수한 재미 외에는 어떠한 도덕적 교훈도 강요하지 않는,
기발한 난센스로 가득 찬 최고의 어린이 책'이라는 찬사와 함께 세계적인
베스트셀러가 되었다.

그리고 바로 그 맥밀란 출판사에서 어쩌다 여자로 태어난 오늘날의

앨리스들에게, 150년 전 어쩌다 여자로 태어난 앨리스의 주옥같은
명언을 원서 그대로의 오리지널 그림과 말로 가슴 깊이 전해주고자
출간한 책이 바로 《어제의 앨리스가 오늘의 앨리스에게》이다.

남자도 여자도 아닌, '나'다운 '내'가 되고 싶은
당신을 위한 인생 조언!

처음 언뜻 보기에 앨리스는 빅토리아 시대의 얌전 **빼**는 꼬마
숙녀처럼 보인다(-적어도 '나를 먹어봐'라고 적힌 케이크를 한입
물기 전까지는). 하지만, 이상한 나라의 모험이 시작되는 순간
앨리스에게서 우리는 이상한 나라의 모든 것들처럼 수많은 다른
모습들을 발견하게 된다.

현실 세상이 따분하게만 느껴졌던 앨리스는 오히려 말도 안 되는
이상한 세상에서 만난 체셔 고양이로부터 올바른 길을 찾고,
모자 장수가 건넨 수수께끼를 풀고, 하트 여왕으로부터 목숨을
지키기 위해 애쓰면서 솔직과 용기의 중요성 그리고 어떻게 하면
불합리한 세상에서 자신의 길을 찾을 수 있는지를 깨닫는다. 이
책을 통해 앨리스가 주는 조언들은 가능한 것을 불가능한 것으로,

가짜를 진짜로 말하는 어쩌면 이상한 나라보다 더 이상한 현실 세상에서
우울하고 힘든 당신에게 위로와 힘을 주는 해독제가 될 것이다.

무엇이 '꿈'이고, 무엇이 '현실'인데?

이 책에 사용된 〈이상한 나라의 앨리스〉, 〈거울 나라의 앨리스〉 원서의
인용문은 주인공의 인물에 대한 성찰임에 동시에 빅토리아 시대의 영국
문화와 사회를 들여다볼 수 있는 창이며, 또한 기존 관념에서 벗어나
자유로운 상상의 나라로의 초대이다. 150년이 지나서도 여전히 앨리스는
오늘을 사는 우리들을 같은 방향으로 이끌어 우리 자신이 꿈꾸는
세상으로 데리고 갈 것이다. 루이스 캐럴은 말했다.
"거의 잊고 지내는 것이 있지요. 눈을 감지 않으면 우리는 그 어떤 것도
볼 수가 없다는 것을요."

Macmillan 출판사 로렌 라번

ALICE가… 앨리스에게

"
중심이 '내'가 되는 인생을
살고 있니?
"

지금의 현실이 예전에는 그저 꿈이었을 수 있어

"예전에 동화책을 읽을 때마다, 동화 속에서 일어나는 일들은
절대로 현실에서는 일어나지 않는다고 생각했지. 그런데 지금 여기 내가
그 이야기 속에 있는 거잖아!"

세상에 불가능은 없어. 안 하고 못 하는 것일 뿐

"오, 내가 망원경처럼 입을 다물 수 있기를 바라다니! 하지만
할 수 있다고 생각해. 어떻게 시작하는지만 안다면 말이야."
앨리스는 최근에 겪었던 말도 안 되는 수많은 일을 통해 어쩌면
실제 불가능한 일은 거의 없다고 생각하기 시작했다.

깨야 할 법도 있는 법이지

"규칙 제42조. 키가 1.6킬로미터 이상의 모든 사람은 이 법정을
나가야 한다."
그러자 모두가 앨리스를 쳐다보았다. 앨리스가 크게 외쳤다.
"난 그렇게 크지 않아요."
"아니, 넌 그래." 라고 왕이 말했다.
"그것보다도 거의 두 배나 더 크겠네."
여왕도 끼어들었다.
"어쨌든지 저는 떠나지 않겠어요," 앨리스가 단호하게 말했다.
"게다가 원래 그런 규칙 따위는 없어요. 방금 당신 마음대로
만든 거잖아요."

내가 믿어야 남도 믿을 수 있는 거야

저절로 말아 올라간 입술 사이로 미소가 번지면서 앨리스가 먼저
말을 걸었다.
"있잖아요, 나는 늘 유니콘도 전설 속의 멋진 괴물들이라고
생각했거든요! 이렇게 살아있는 유니콘을 본 적이 없어요!"
"아무튼 지금은 우리가 서로를 보고 있구나," 유니콘이 말했다.
"네가 나를 믿는다면 나도 너를 믿지. 어때?"

자신에 대한 잣대는 크게

"음, 기분 나쁘게 들릴 수 있겠지만, 전 지금보다 조금 더
커졌으면 해요. 7.6센티미터는 너무 초라한 것 같아요."

어느 길로 가도 상관없겠네

"여기서 어느 길로 가야 하는지 알려 줄래?"
앨리스가 물었다.
"그건 네가 어디로 가고 싶은지에 따라 다르지."
고양이가 대답했다.
"어디든 상관없어." 라고 앨리스가 말하자,
"그럼 어느 길로 가도 상관없겠네."라고
고양이가 말했다.
"그래. 어디로든 갈 수만 있다면….."
앨리스가 덧붙여 말하자 고양이가 말했다.
"그럼 넌 분명히 어딘가에 도착하게 되어 있어.
오래 걷다 보면 말이야."

ALICE가... 앨리스에게

내 기분은 내가 정해.
오늘 나는 행복으로 할래!

우리는 어제로 돌아갈 수 없어.
오늘의 '나'는 어제와 다른 사람이니까

"이런, 이런! 오늘은 정말 이상한 일투성이야! 어제까지만 해도
평소 그대로였는데 하룻밤 사이에 내가 변한 걸까?
가만…, 오늘 아침에 일어났을 때는 같았었나? 분명 조금 다른
느낌이었던 것 같은데…. 그런데 내가 달라졌다면, 도대체 나는
누구일까? 아, 이건 엄청난 수수께끼야!"

스스로 높은 사람이라 생각하는 사람들의
호의를 조심해

"그 애 머리 좀 식혀 줘. 너무 많이 생각해서 열나겠다."
붉은 여왕이 걱정스러운 듯 끼어들었다.
두 여왕은 나뭇잎 다발로 부채질을 해주기 시작했다. 나중에는
앨리스의 머리카락이 마구 날려서 헝클어질 정도였다. 결국
앨리스는 부채질을 그만두라고 간청해야 했다.

어느 순간에도 웃을 수 있는 사람이 되자

"이러다 지구를 뚫고 반대편으로 떨어지는 거 아냐? 거꾸로 서서 머리로 걸어 다니는 사람들 틈에 떨어지면 얼마나 웃길까?"
앨리스는 아래로, 아래로, 아래로 계속 떨어졌다. 그리고 그러는 동안 달리 할 일도 없어서 계속 웃기는 상상들로 시간을 채웠다.

하지만 기억하라, 모든 나쁜 날에도 끝이 있음을

"이제 더는 못 참아!"
앨리스는 꽥 소리친 뒤, 벌떡 일어나 식탁보를 움켜쥐고 홱
잡아당겼다. 그러자 접시, 쟁반, 손님, 촛대들이 요란한 소리를 내며
떨어졌다. 깨진 파편들이 마룻바닥에 수북이 쌓였다.

ALICE가… 앨리스에게

" 너의 명함을 가지고 하는
일을 찾아라. "

올라갈 수 있는 데에 한계를 두지 마라

"내가 저들 중 하나가 되면 얼마나 좋을까? 그럴 수만 있다면
병사라도 상관없는데…. 물론 가장 되고 싶은 건 여왕이지만."

윗사람과 관계 맺기

앨리스는 왕과 대화가 시작되었을 때 논쟁을 하는 것은 절대
안 된다고 생각했기에 미소를 지으며 말했다.
"폐하께서 제대로 시작하는 방법만 가르쳐 주시면, 최선을 다해
잘 해보겠습니다."

너의 일이 요구하는 것에 귀 기울이길

"와, 엄청 대단한걸!" 앨리스가 감탄했다.

"이렇게 빨리 여왕이 될 줄 기대도 안 했는데…. 그런데,
폐하 드릴 말씀이 있습니다," 앨리스가 엄중한 어조로 자기
자신을 향해 말했다(앨리스는 자기 자신을 스스로 꾸짖는 것을
좋아했다).

"폐하, 이렇게 풀밭에서 빈둥거리고 있으면
안 됩니다. 여왕으로서 위엄 있게 행동해야죠!"

모든 일에는 보수가 있지만…

"너를 기꺼이 시녀로 고용하마," 여왕이 말했다.

"봉급은 일주일에 2펜스다. 그리고 이틀에 한 번 잼을 주지."

앨리스는 큰소리로 웃으며 말했다.

"저는 일할 생각이 전혀 없는데요. 잼을 좋아하지도 않고요."

"아주 맛있는 잼이야."

여왕이 말했다.

부당한 비난에 절대 기죽지 마!

"얘는 계산을 전혀 못 해!"
두 여왕이 한목소리로 힘주어 말했다.
"그럼 여왕님들은 계산할 줄 아세요?"
앨리스는 자신에게 집중된 비난 섞인 평가가 부당한 듯 물었다.

직장에서 감정적인 태도는 많은 일을 그르치지

"네가 얼마나 대단한 여자아이인지 생각해봐. 오늘 얼마나 먼 길을
왔는지 지금 몇 시인지, 등등 무엇이든 생각해봐. 다만 울지는 마!"

ALICE가... 앨리스에게

남들이 만들어 놓은 지도에서
네가 가고 싶은 곳을 찾지 마.

이해 받지 못했다고 화내지 마.
같은 세상에 살아도 우린 모두 다르니까

애벌레가 먼저 입을 열었다.
"넌 얼마나 커지기를 원하는데?"
앨리스가 얼른 대답했다.
"딱히 원하는 크기가 있는 건 아니에요. 내 말은 세상 누구도 크기가
자주 바뀌는 걸 좋아하겠냐는 거죠. 잘 아시겠지만."
"아니, 잘 몰라." 애벌레가 딱 잘라 말했다.
무슨 말을 하든 이렇게 계속 반박만 당하기는 처음이었다. 앨리스는
점점 화가 치밀어 올랐다.

아닌 건 아니라고 크게 외치자. 아직 세상은…
말을 하지 않으면 모르는 게 많으니까

"아니, 아니야! 선고 먼저, 판결은 그다음이야."
여왕이 외치자, 앨리스가 큰 소리로 말했다.
"말도 안 되는 소리! 판결보다 선고를 먼저 내리는 법이 어디 있어요!"
"그 입 다물라!" 여왕의 얼굴이 붉으락푸르락해졌다.
"싫어요!"
앨리스가 소리쳤다.

공감할 때 서로의 관계는 깊어지지

"미친 사람들과 어울리고 싶지 않았는데…."
앨리스가 말했다.
"하지만 어쩔 수 없어. 여기 있는 우리 모두 다 미쳤으니까.
나도 미쳤고, 너도 미쳤어."
고양이가 말했다
"내가 미친 걸 네가 어떻게 알아?"
앨리스가 물었다.
"넌 틀림없이 미쳤어. 그렇지 않으면 여기로 오지는 않았을
테니까."
고양이가 대답했다.

인생은 비교 대상이 아니야

"그렇고말고!" 붉은 여왕이 소리쳤다.
"다섯 배 더 따뜻하고 다섯 배 더 춥지. 마치 내가 너보다
다섯 배 더 부유하고 다섯 배 더 현명하듯이!"
앨리스는 말싸움을 포기한 듯 한숨을 내쉬며 생각했다.
'꼭 답이 없는 수수께끼 같군.'

웬만큼 달려서는 앞으로 나가기 힘든 세상이야

"아니, 여전히 우리는 이 나무 아래에 있네요! 아직도 계속
제자리잖아요!"
앨리스가 숨을 몰아쉬며 말하자, 붉은 여왕이 물었다.
"당연하지. 그럼 뭘 기대한 거지?"
"우리나라에서는 오랫동안 빨리 달리면, 어딘가에 가게 되거든요."
앨리스가 계속 숨을 헐떡이며 말했다.
"거기는 느린 나라여서 그런가 보네. 여기서는 제자리에 있고
싶으면 계속 뛰어야 해!" 라고 붉은 여왕이 말했다.

눈치와 요령은 세상을 사는 필요한 덕목

"여왕은 어때? 마음에 들어?"
고양이가 낮은 목소리로 물었다.
"아니, 전혀. 여왕은 너무…"
앨리스가 대답하려는 순간 여왕이 자신의 뒤로 다가와 귀를
기울이는 것이 느껴졌다. 앨리스는 얼른 말을 바꾸었다.
"…너무 잘해서 틀림없이 이길 거야. 끝까지 경기할 필요도
없다니까."
그러자 여왕이 빙긋이 웃으며 지나갔다.

너를 위해 요리해 주는 사람을 서운하게 하지 마

… 요리사가 화덕에서 수프가 든 솥을 내리더니, 주위에 있는 물건들을 손에 집히는 대로 들어 공작부인과 아기에게 마구 던지기 시작했다. 맨 먼저 부지깽이가 날아왔다. 이어 냄비와 다양한 크기의 접시들이 끊임없이 날아왔다. 그런데도 공작부인은 물건에 맞고도 꿈쩍도 하지 않았다. 아기는 이미 그 전부터 울고 있어서, 물건에 맞아 우는 것인지 그냥 우는 것인지 알 수가 없었다.

"지금 뭐 하는 짓이에요?"

앨리스가 겁에 질려 팔짝팔짝 뛰면서 소리 질렀다.

"아기의 소중한 코가 날아갈 뻔했잖아요!"

좀 전에 엄청나게 큰 냄비가 아기 얼굴을 아슬아슬하게 비켜 날아가는 바람에 하마터면 아기 코가 크게 다칠 뻔했다.

견뎌야 하는 것과 견딜 수 없는 것을 구별해야 해.
견딜 수 없을 때는 미련 없이 떠나라

"글쎄, 지금 나에게 묻는 거라면…" 앨리스가 매우 머뭇머뭇하며
대답했다.
"전 잘 모르겠는데요."
그러자 모자 장수가 말했다.
"그럼 아무 말도 하지 마."
이 무례함은 앨리스가 견딜 수 있는 선을 넘어선 것이었다. 앨리스는
크게 넌더리 치며 자리에서 벌떡 일어나 그곳을 떠났다.

ALICE가... 앨리스에게

"

모든 시작에는 첫걸음이 필요하지.

"

일단 해보는 거야

… 앨리스는 지금껏 주머니 조끼를 입은 토끼나 주머니에서
시계를 꺼내는 토끼를 한 번도 본 적이 없기에 강렬한 호기심을
느끼며 토끼를 쫓아 들판을 내달렸다. 그리고 때마침 토끼가
산울타리 아래 커다란 토끼 굴로 쏙 들어가는 모습을 보았다.
그리고 어느 순간 앨리스도 토끼 뒤를 따라 굴속으로 들어가고
있었다. 어떻게 다시 밖으로 나올지에 대한 생각은 조금도 하지
않았다.

새로운 것에서 가치를 찾자

이번에는 '나를 마셔요'라는 라벨이 병에 붙어 있지 않았다. 하지만
그런데도 앨리스는 병뚜껑을 연 뒤 입으로 가져가며 중얼거렸다.
"분명 재미있는 일이 일어날 거야. 내가 먹거나 마실 때마다
그랬거든. 그러니 이번 병도 마시면 어떻게 되는지 보고 싶어."

ALICE가... 앨리스에게

같은 말이라고 다 같은 말은 아니야.

말이 곧 진실은 아니야

"그럼 네가 생각하는 것을 말해야지."
삼월 토끼가 계속 말을 이어갔다.
"그래," 앨리스가 재빨리 답했다.
"그러니까…, 내가 말한 것이 내 생각이야. 그건 같은 거잖아.
안 그래?"
"조금도 같은 것이 아니지!" 모자 장수가 불쑥 끼어들었다.
"그건 '나는 내가 먹는 것을 안다'와 '나는 내가 아는 것을 먹는다'
가 같다고 말하는 거잖아!"
모자 장수의 말에 삼월 토끼도 맞장구쳤다.
"맞아. 네 말은 '나는 내가 가진 것을 좋아한다'와 '나는 내가
좋아하는 것을 가진다'가 같다고 말하는 거라고!"

내가 아닌 '남'이 이해하는 말로 말하기

"내가 어떤 단어를 쓰면, 그 단어는 내가 선택한 의미만 띠지.
더도 말고, 덜도 말고."
험프티 덤프티가 얕잡아 보는 어투로 말하자 앨리스가 말했다.
"문제는 단어들을 자신이 생각하는 대로 여러 다른 의미로 사용할
수 있느냐는 거죠."

숨은 의미를 애써 찾으려 하지 마

"만일 이 시에 아무 뜻이 없다면, 어떤 뜻을 찾으려고 애쓸
필요도 없고 말 때문에 골치 아플 일도 없겠군."

대부분 말의 오해는 들리는 대로 듣고, 듣고 싶은 대로 듣기 때문인지도…

"모든 사람이 생각이란 걸 하며 살아간다면 이 세상은 지금보다 훨씬 빠르게 돌아갈 거다."
공작부인이 고함을 치며 쉰 목소리로 말했다.
"세상이 빨리 돌아간다고 좋을 건 없지요."
앨리스가 말했다. 그리고 조금이나마 아는 척할 수 있는 주제가 나왔다는 생각에 기쁜 마음으로 말을 이어갔다.
"밤과 낮이 어떻게 돌아가냐면요. 지구는 축(axis)을 중심으로 24시간 주기로 한 바퀴 도는데…"
"도끼(axes) 얘기를 하다니, 어서 저 아이의 목을 베어라."

ALICE가... 앨리스에게

“
때로는 남을 불편하게 하는
용기가 필요해.
”

원하는 바를 똑바로 말하자

"꿀꿀대며 투덜거리지 마. 그것은 절대 네 생각을 표현하는
올바른 방식이 아니라고."

불평등한 조건은 따져서라도 바로잡아야 해

"너에게 말을 걸 때 말해!"
붉은 여왕이 매섭게 쏘아붙이며 앨리스의 말을 막았다.
"하지만 모든 사람이 그 규칙에 따른다면," 사소한 논쟁은 언제든
맞받아칠 준비가 되어있는 앨리스가 말했다.
"다른 사람이 말을 걸 때만 말하고, 상대가 먼저 말을 시작하기를
기다려야 한다면, 누구도 절대 말을 할 수 없다는 거잖아요."

일방적인 질문에는 꼭 대답할 필요 없어

"넌 누구니?"
애벌레가 물었다. 하지만 그건 대화를 시작하고자 하는 호의적인
발언은 아니었다.

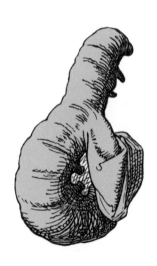

분위기 파악할 줄 아는 사람이 되자

오랜 정적이 흘렀다.
"끝났나요?"
앨리스가 조심스레 물었다.
"그래. 그럼 잘 가."
험프티 덤프티가 말했다.
앨리스는 너무 갑작스럽다고 생각했지만, 가야 할 것 같은 그런 강한
분위기에서 그곳에 계속 머무르는 것도 예의가 아닌 것 같았다.
그래서 앨리스는 일어나 손을 내밀며 최대한 밝게 말했다.
"안녕히 계세요, 다음에 다시 만날 때까지!"

경청의 최고의 자세는 바로 '감정이입'

"그런데, 내가 1절도 채 끝내기 전에 말이야," 모자 장수가 계속
말했다.
"여왕님이 벌떡 일어나더니 화를 버럭 내며 소리쳤어. '저자가
시간을 죽이고 있다. 저놈의 목을 쳐라!'라고 말이야!"
"너무 포악하군요!"
앨리스가 외쳤다.

나를 무시하는 대접은 받아들이지 마!

"와인 좀 마시지."
삼월 토끼가 사뭇 청하듯 말했다. 그래서 앨리스는 식탁 위를
둘러보았지만 차 말고는 아무것도 없었다.
"와인 같은 건 보이지 않는데."
앨리스가 말했다.
"와인은 없어."
삼월 토끼가 말했다.
"없는 와인을 권하다니, 그건 정말 예의가 아니야."
앨리스가 화를 내며 말했다.

ALICE가... 앨리스에게

불가능한 것을 이루는 유일한 방법은
가능하다고 믿는 거야.

변화에 유연할수록 우리의 삶은 풍성해지지

"더 이상해지고 더 이상해져!" 앨리스가 외쳤다.
(앨리스는 너무 놀란 나머지, 순간적으로 제대로 말하는 법조차
잊어버렸다.)
"이제는 지금까지 있었던 세상에서 제일 큰 망원경처럼 몸이
커지고 있어. 안녕, 내 발들아!"
(앨리스가 커진 몸으로 아래를 내려다보니, 자신의 발이 너무
멀어져서 보이지 않을 정도였다.)

용감한 자만이 멋진 인생을 얻을 수 있어

앨리스는 떨어지는 동안 생각했다.
'와! 이렇게 떨어져 봤으니까, 계단에서 구르는 것쯤은 아무것도
아닐 거야. 집에 돌아가면 모두 나를 정말 용감한 아이라고
칭찬하겠지! 어쩌면 지붕 꼭대기에서 떨어지더라도 아무 소리
안 할 거야!'

문제 해결은 현실적으로

그 순간 앨리스의 발이 미끄러지는 바람에 소금물 속에 풍덩!
하고 빠져 턱까지 잠기고 말았다. 처음에 앨리스는 바다에 빠진
줄 알았다. 그리고는 혼자 중얼거렸다.
"그럼 기차를 타고 집에 돌아가면 되겠다."
(앨리스는 전에 바닷가에 간 적이 있었는데, 그 뒤로 모든 해변에는
이동식 탈의실이 있고… 민박들이 줄지어 있으며, 그 뒤에는
반드시 기차역이 있다고 생각하게 되었다.)

상상은 현실과 맞설 수 있는 유일한 무기다

"나는 매일 아침 여섯 가지 불가능한 것을 상상해.
첫째 몸이 작아지는 물약이 있다.
둘째 몸이 커지는 케이크가 있다.
셋째 동물이 말을 한다.
넷째 고양이가 웃는다.
다섯째 이상한 나라가 존재한다.
여섯째 나는, 재버워크 (-원래는 신화 속 괴물. 동시에 아무도
알아들을 수 없이 마구 지껄이는 말이라는 뜻도 있음)를 없애버릴 수
있다."

ALICE가... 앨리스에게

여성의 정의는 여성만이
증명할 수 있는 거야.

최고를 목표로 삼아라

"나는 누구의 포로도 되고 싶지 않아요. 난 여왕이 되고 싶어요."

생각이 만든 '유리천장'은 생각으로 깨는 거야!

"거울이 얇은 천처럼 부드러워져서 우리 몸이 통과 할 수 있다고
생각해보자. 어라! 진짜 거울이 안개처럼 변하고 있네. 정말이야!
이제 쉽게 거울을 통과할 수 있을 것 같아."

외모에 대한 지적은 무시하라

"너는 머리 좀 잘라야겠다."
호기심 가득한 얼굴로 앨리스를 한동안 살펴보던 모자 장수가
처음으로 입을 열었다.
"지극히 개인적인 일에 간섭하다니, 무례하네요."
앨리스가 언짢다는 듯 말했다.

자기 자리는 자기가 당당히 찾는 거야

식탁이 꽤 컸지만 셋은 한구석에 바싹 붙어 앉아 있었다. 그러다
앨리스가 나타나자 큰소리로 외쳤다.

"자리 없어! 자리 없어!"

"자리가 많은데!"

앨리스는 화가 나서 매섭게 쏘아붙이고는, 식탁 끝에 놓인 커다란
안락의자에 앉았다.

잊지 마, 내 이야기의 주인공은 바로 '나'라는 걸

'나의 이야기를 쓴 책이 있어야 해! 반드시! 그래, 내가 어른이
되면 내 이야기를 책으로 쓸 거야….'

집안일이 가치 없다고 생각하지 마!
집안일이 여자들의 일이라는 고정관념이 문제일 뿐

가짜 거북이 말을 이었다.

"우리는 최고의 교육을 받았어. 실제로 매일 학교에 갔지."

"나도 날마다 학교에 다녔어요. 그게 그렇게 자랑스러워할 건
아니에요."

앨리스의 말에 가짜 거북이 조금 불안한 듯 물었다.

"보충 수업도 했어?"

"그럼요. 프랑스어와 음악을 배웠어요."

앨리스가 대답했다.

"그럼 빨래는?"

가짜 거북이 묻자, 앨리스가 화를 벌컥 내며 쏘아붙였다.

"그런 건 절대 배우지 않아요!"

ALiCE가... 앨리스에게

> "
> 자신의 건강과 안전은 스스로
> 챙기는 거야.
> "

언제나 라벨을 읽는다

… 앨리스는 '독약'이라고 쓰인 병에 든 것을 많이 마시면 곧
탈이 날 거라는 사실을 잘 알고 있었다.

정리정돈은 안전함을 키우지

앨리스는 선반들 옆을 지나가면서 선반 하나에 놓인 병 하나를 집어
들었다. 겉에 '오렌지 마멀레이드'라는 종이가 붙어 있었는데, 매우
실망스럽게도 안은 텅 비어 있었다. 하지만 앨리스는 병이 떨어지면
밑에 있는 누군가가 맞아 크게 다칠까 봐 걱정되었다. 그래서
앨리스는 걸어가면서 병을 찬장 안에 겨우 밀어 넣었다.

다른 사람의 실수를 통해 배우자

… 앨리스는 그동안 책에서 화상을 입거나 짐승에게 잡아
먹히거나 그밖에 다른 불쾌한 일을 겪는 아이들의 이야기를
여러 번 읽었다. 이야기 속 아이들이 그러한 일을 당했던 이유는
다른 친구들이 가르쳐주었던 간단한 규칙들을 기억하지 못했기
때문이었다….

사고는 일어나게 마련이지만,
'수습'과 '해결'은 바로 자기 자신에게 달려있지

… 앨리스가 법정에서 벌떡 일어나는 바람에 입고 있던 치맛자락이
배심원석을 뒤집으며, 그만 배심원들이 아래에 있는 군중 위로
떨어져 버렸다. 앨리스는 끔찍한 모습으로 여기저기 엎어져 있는
배심원들을 보자 지난주에 실수로 엎은 어항과 금붕어가 떠올랐다.
"어머나, 죄송해요!"
앨리스는 엄청나게 놀란 목소리로 사과하고는, 최대한 빠르게
배심원들을 주어 모으기 시작했다.

ALICE가... 앨리스에게

"

행복은 맛있는 음식 안에서도
우리를 기다리지.

"

내가 받은 케이크 조각은… 맛있게 먹자

바로 그때 탁자 밑에 놓여 있는 작은 유리 상자가 눈에 띄었다. 앨리스가 상자를 열어보니 작은 케이크가 들어 있었다. 케이크 위에는 건포도로 '나를 먹어요'라는 글씨가 예쁘게 쓰여 있었다.
"글쎄, 한번 먹어 볼까 봐"
앨리스가 말했다.

케이크 나누기는 침착하면 어렵지 않지

"너는 거울 나라 케이크를 다루는 법을 모르는군!" 유니콘이 말했다.
"먼저 나눠 준 다음에 자르는 거야."
말도 안 되는 소리처럼 들렸지만, 앨리스는 고분고분 일어나 접시를
차례로 돌렸다. 그러자 케이크가 저절로 세 조각으로 나뉘었다.

지루하고 따분할 때는 달콤한 디저트가 좋다

법정 한가운데에는 탁자가 있었는데, 그 위에 파이가 담긴
커다란 접시가 놓여 있었다. 맛있어 보이는 파이를 보자
앨리스는 갑자기 배가 고파졌다.
"재판을 빨리 끝내고 파이를 나누어 주면 좋겠다!"

맛있는 빵을 구우면 행복이 찾아온다

"이번에는 유용한 질문이니 답을 잘 할 수 있겠지? 빵은 어떻게
만들지?" 라고 붉은 여왕이 물었다.
"그건 알아요! 먼저 밀가루가 필요해요."
앨리스가 신이 난 듯 외쳤다.
"어디서 꽃을 따지?" (밀가루의 영어 (flour) 발음이 꽃의 영어
(flower) 발음과 같기 때문에 잘못 알아듣고-) 하얀 여왕이 물었다.
"정원? 아니면 울타리?"

새로운 맛으로 색다른 삶을 느낄 수 있어

그러나 그 병에는 '독약'이라는 표시가 없었다. 그래서 앨리스는
용기를 내어 맛을 보았다. 그런데 맛이 아주 좋았다. (마치 버찌
파이, 커스터드, 파인애플, 구운 칠면조, 당밀 사탕, 버터 바른
토스트를 모두 섞은 것 같은 맛이었다.) 앨리스는 병에 든 것을
단숨에 쭉 들이마셨다.

항상 레시피를 준수하자

"수프에 후춧가루를 너무 많이 넣었나 봐!"
앨리스는 연신 재채기를 하며 간신히 중얼거렸다.

ALICE가... 앨리스에게

우리의 모든 당연한 가치는 누군가의
용기로 이루어졌음을 잊지 마.

겉으로 강하게 보일수록
사실은 나약한 사람이 많아

"제가 어떻게 알겠어요? 제 알 바 아닌걸요."
앨리스는 대답하고 자신의 용기에 깜짝 놀랐다.
그러자 여왕은 분노로 시뻘게진 얼굴로 앨리스를 맹수처럼 잠시
노려보다가 고함쳤다.
"이 여자아이의 목을 쳐라!"
"어림없는 소리예요!"
앨리스가 큰 목소리로 단호하게 말하자, 여왕이 금세 입을
다물었다.

가식적인 호의보다는 솔직하게 말하는 것이 좋아

"흥, 누가 당신 말을 듣겠어요?" 앨리스가 말했다. (그 무렵 앨리스는 키가 완전히 커져 있었다.)
"당신은 그래 봤자 트럼프 카드에 지나지 않아요!"

약자에게 동정심을 가지자

… 행진은 계속되었고, 억울한 세 정원사와 이들을 처형하려는
세 명의 병사만 남았다. 정원사들이 앨리스에게 달려와 구해
달라고 매달렸다.

"목을 베다니, 그럴 수는 없죠!"

앨리스는 그렇게 말한 뒤 바로 옆에 있는 커다란 화분 속으로
정원사를 밀어 넣었다. 세 병사는 일, 이분 남짓 정원사들을 찾아
헤매다가 다시 행렬을 조용히 뒤쫓아 갔다.

"그놈들 목을 베었느냐?"

여왕이 큰소리로 외쳤다.

"그놈들 목이 감쪽같이 사라졌습니다. 폐하."

병사들이 큰소리로 대답했다.

자신에게는 혹독한 충고를

앨리스가 자신을 엄하게 꾸짖듯 큰 소리로 말했다.
"그렇게 울어 봤자 아무 소용없어! 어서 뚝 그쳐! 그리고 이곳을
당장 떠나는 게 좋을 거야."
앨리스는 종종 자신에게 좋은 충고를 하곤 했다.

ALICE가… 앨리스에게

"
외모로 얻은 건 외모만큼
빨리 사라지지.
"

외모 평가는 누구에게도 하는 것이 아니야.
자기 자신에게도, 남에게도⋯

"제 친구 체셔 고양이예요. 소개해 드릴게요."
앨리스가 말했다.
"정말 마음에 들지 않게 생겼네."
왕이 말했다.

외모에 대한 언급은 득보다 화를 부르지

험프티 덤프티가 다리를 꼰 채 높은 담장 위에 앉아 있었다.
앨리스는 담장이 너무 좁아서 험프티 덤프티가 어떻게 균형을 잡고
있는지 궁금했다….
"정말 달걀하고 똑같이 생겼네!"
앨리스는 큰 소리로 말하고는 험프티 덤프티가 금방이라도 떨어질
것만 같아서 잡아줄 요량으로 두 손을 내밀고 있었다.
"나를 달걀이라고 말하다니 정말 짜증 나는군. 그것도 아주 많이!"
험프티 덤프티가 긴 침묵을 깨고 입을 열었다. 하지만 앨리스 쪽은
쳐다보지도 않았다.

나타날 때와 사라질 때를 알아야 해

"… 그렇게 계속 갑자기 나타났다 갑자기 사라지는 것 좀
그만해. 정신이 하나도 없어."
앨리스가 말했다.
"알았어."
고양이는 그렇게 말한 뒤 아주 천천히 조금씩 사라졌다. 우선
꼬리 끝이 희미해지더니 웃는 입이 맨 마지막에 사라졌다.
그런데 그렇게 고양이가 다 사라진 뒤에도 웃음은 얼마 동안
남아 있었다.
"웃음 없는 고양이는 종종 봤지만 고양이 없는 웃음이라니! 내
평생 본 곳 중 가장 신기한 것이었어."
앨리스가 생각했다.

외모는 정말 생각하기 나름이야

"사람이었으면 아주 많이 못생긴 아이로 자랐을 거야. 하지만 지금은 돼지여서 오히려 잘생긴 돼지가 될 것 같아."

ALICE가... 앨리스에게

인생이 게임이라면
아주 나쁜 것도, 아주 좋은 것도
사실은 다 별거 아닌 일이야.

분위기를 띄우며 시작하는 거야!

모자 장수는 앨리스의 말에 눈만 한번 크게 뜨고는, 다짜고짜
수수께끼 문제를 냈다.
"까마귀는 왜 책상과 같을까?"
'흠 이제 슬슬 재미있겠는데!'라고 생각하고는 앨리스가 큰
소리로 외쳤다.
"수수께끼 놀이가 시작되니 신이 나네요! 내가 꼭 맞출 거예요."

스포츠 시합에는 당당히 도전해보자

앨리스는 그렇게 이상한 크로켓 경기장은 난생처음 보았다.
경기장 바닥은 울퉁불퉁했고, 공은 살아있는 고슴도치, 공을 치는
나무망치는 살아 있는 홍학이었다. 병사들은 허리를 굽혀 두 손과
발로 땅을 짚고 공이 통과할 골문을 만들었다. 앨리스는 무엇보다
홍학을 다루는 일이 가장 어려울 것 같았다.

ALICE가... 앨리스에게

> "
> 세상은 네가 물어보는 것에만
> 답을 주지.
> "

각자 저마다의 방식으로 깨닫는 거야

"하루에 수업은 몇 시간 했어요?"
앨리스가 급하게 화제를 바꾸며 물었다.
"첫날은 열 시간, 이튿날은 아홉 시간, 날마다 한 시간씩
줄었지."
가짜 거북이 대답하자, 앨리스가 소리쳤다.
"정말 이상한 시간표네요!"
"그래서 수업을 '레슨'이라고 하는 거야. 날마다 줄어드니까."
('수업(lesson)'과 '줄어들다(lessen)'의 발음이 같음.)
그리핀이 말했다.

네가 배운 지식을 너의 삶 속에서 활용할 수 있어야 해

"난 지금까지 얼마나 떨어졌을까?" 큰 목소리로 앨리스가
스스로에게 물었다.
"아마도 분명 지구의 중심에 가까워졌을 거야. 그럼 내가 6천
킬로미터 정도 떨어졌다는 말이네."
앨리스는 학교에서 이런 지식을 몇 가지 배웠다. 하지만 지금은
들어주는 사람이 아무도 없어서 잘난 척하기에 그다지 좋은 기회는
아니었지만 앨리스는 배운 것을 다시 말하는 것은 좋은 복습일 거라
생각했다.

최고의 선생님을 만난다는 건 커다란 행운이야

"아저씨는 말들을 설명하는데 아주 뛰어나신 것 같아요. 그래서
말인데요. '재버워키'라는 시의 의미를 잘 설명해 주실 수
있을까요?" 앨리스가 물었다.
"한번 들어볼까," 험프티 덤프티가 대답했다.
"나는 지금까지 쓰인 시뿐만 아니라 아직 쓰이지 않은 시까지
모두 설명할 수 있지."

새로운 언어를 많이 배우자

"너 언어를 좀 아니? 피들디디(fidd-de-dee)가 프랑스어로 뭐지?"
붉은 여왕이 물었다.
"피들디디는 영어가 아닌데요."
앨리스가 진지하게 대답했다.
"누가 영어라고 했는데?"
순간, 앨리스는 난처한 상황에서 빠져나갈 방법이 떠올라 힘있게
말했다.
"피들디디가 어느 나라 말인지 말해주면, 프랑스어로 뭐라고 하는지
알려 드릴게요."

기본은 완벽하게 터득해야 해

"나는 형편이 어려워서 정규 수업만 받았어."
가짜 거북이 한숨을 내쉬며 말했다.
"정규 수업 때는 뭘 배웠는데요?"
앨리스가 물었다.
"처음에는 물론 비틀거리기와 몸부림치기 수업으로 시작한 다음 산수 과목인 야망, 산만, 미움, 조롱을 배웠지."

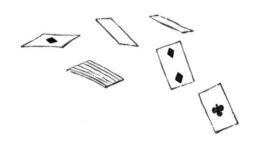

배울 때는 열심히 따라가라

"덧셈은 할 줄 아니? 1 더하기 1 더하기 1 더하기 1 더하기 1 더하기
1 더하기 1 더하기 1 더하기 1 더하기 1 더하기 1은 뭐지?"
하얀 여왕이 묻자, 앨리스가 대답했다.
"모르겠어요. 1이 몇 개인지 못 셌어요."

자신의 공식을 만들어보자

"한번 확인해 볼까? 4 곱하기 5는 12, 4 곱하기 6은 13,
4 곱하기 7은…. 어떡해! 이렇게 가다가는 언제 20까지 가는지
모르겠어!"
(앨리스는 4×5=12는 18진법, 4×6=13은 21진법으로 진법을
3씩 올리면서 곱셈표를 만들고 있기에 4×7은 24진법으로 답을
내야 한다. 수학적 원리로 이런 식의 곱셈표로는 20을 만들기가
어려워진다.)

정답은 하나가 아니야

"그럼 나눗셈은 할 줄 아니? 칼로 빵을 나누면, 답이 뭐지?"
하얀 여왕이 물었다.
"제 생각으로는…"
앨리스가 말하려 하자 붉은 여왕이 대신 대답했다.
"당연히 버터 바른 빵이지."

ALICE가... 앨리스에게

과거를 바꿀 수는 없지만
교훈은 얻을 수 있어

성장에는 시간이 걸린다

"맙소사! 몸이 다시 커져야 하는데, 그걸 깜빡했네. 어떻게 해야 커질 수 있는 거지?"

성장에는 아픔이 따르지

그때 앨리스의 머리가 천장에 세게 부딪혔다.
앨리스의 키는 그새 2미터 70센티미터가 넘었다.

어릴 적 흘린 눈물을 기억하는 어른이 되자

"작아진 난 다시 정원으로 가보려고 문으로 달려갔어. 그런데
발이 미끄러지면서 소금물에 턱까지 빠져버린 거야! 처음엔
바다에 빠진 줄 알았어. 근데 내가 커졌을 때 생긴 눈물
웅덩이였던 거야! 그렇게 펑펑 울지 말았어야 했는데 너무 많이
울어서 벌을 받게 된 걸까?"

네가 커서 사는 곳이 좁게 느껴진다면, 어딘가 더 넓은 곳으로 옮겨라

앨리스는 계속 커지고 또 커져서 곧 바닥에 무릎을 꿇어야 했다. 그러다 어느 순간부터는 무릎을 꿇고 있는 것도 너무 비좁아져서 한쪽 팔꿈치는 문에 기대고 다른 쪽 팔로는 머리를 감싸는 자세로 눕다시피 했다. 그래도 몸이 계속 커지자 앨리스는 마지막 방법으로 한쪽 팔은 창밖으로 내밀고 한쪽 발은 굴뚝으로 밀어 넣었다. 앨리스가 자기 자신에게 힘없이 물었다.

"또 무슨 일이 벌어질지 모르지만, 이제 더 내가 할 수 있는 것은 없어. 나는 어떻게 되는 걸까?"

모든 사람이 나이대로 사는 건 아니야

"우선 네 나이부터 따져보자. 몇 살이지?"
여왕이 물었다.
"정확히 일곱 살 반이에요."
앨리스가 대답했다.
"그렇게 '정확히'라고 말할 필요는 없어," 여왕이 다시 말했다.
"그렇게 안 해도 네 말을 믿을 테니까. 이제 너한테 믿을 만한
것을 알려 주마. 나는 단지 백하고도 한 살 그리고 다섯 달
하루를 살았단다."
"도저히 믿을 수 없어요!"
앨리스가 말했다.

영원한 젊음 - 저주일까, 축복일까?

"하지만 혹시…, 더는 나이를 안 먹으면 어떡하지? 뭐, 한편으로는 좋겠지. 할머니처럼 늙지 않을 테니까. 하지만 그러면 계속 학교에 다니면서 공부를 해야 하네! 아, 나는 진짜 싫어!"